バムーと荒《あ》れ野《の》の城《しろ》

作■山瀬邦子
絵■吉野晃希男

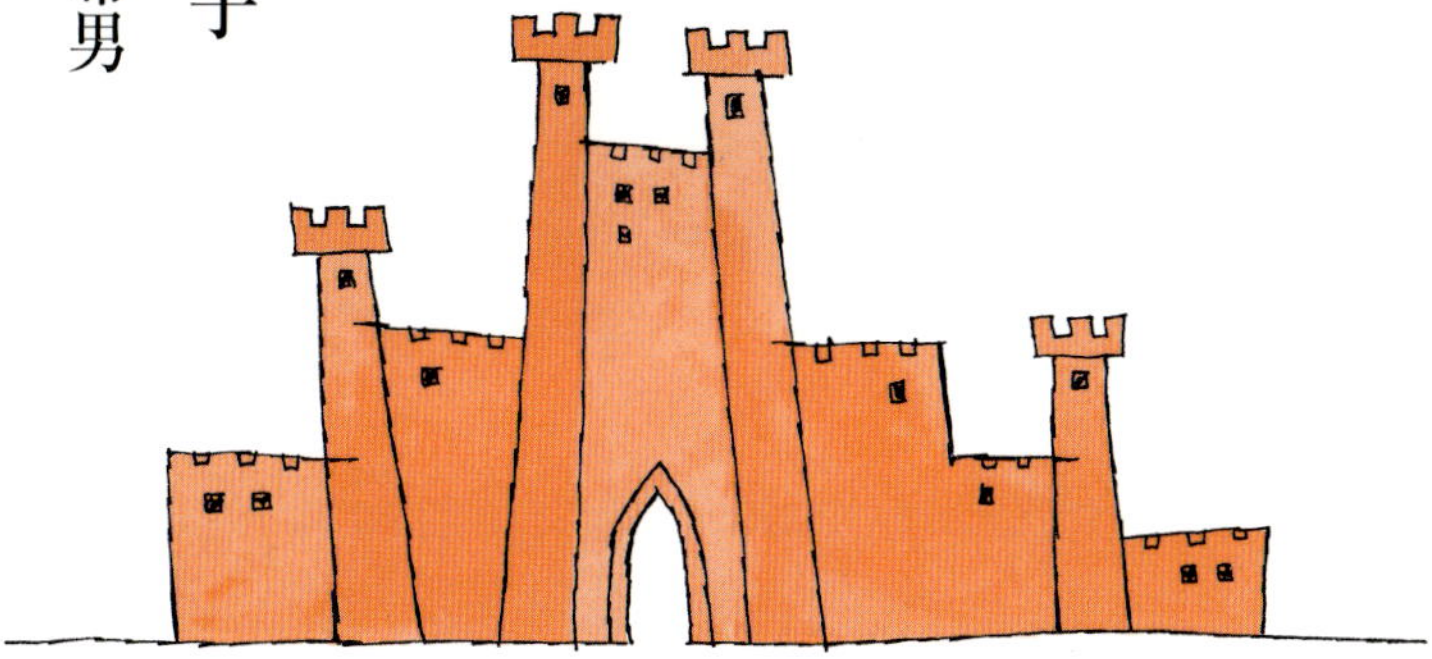

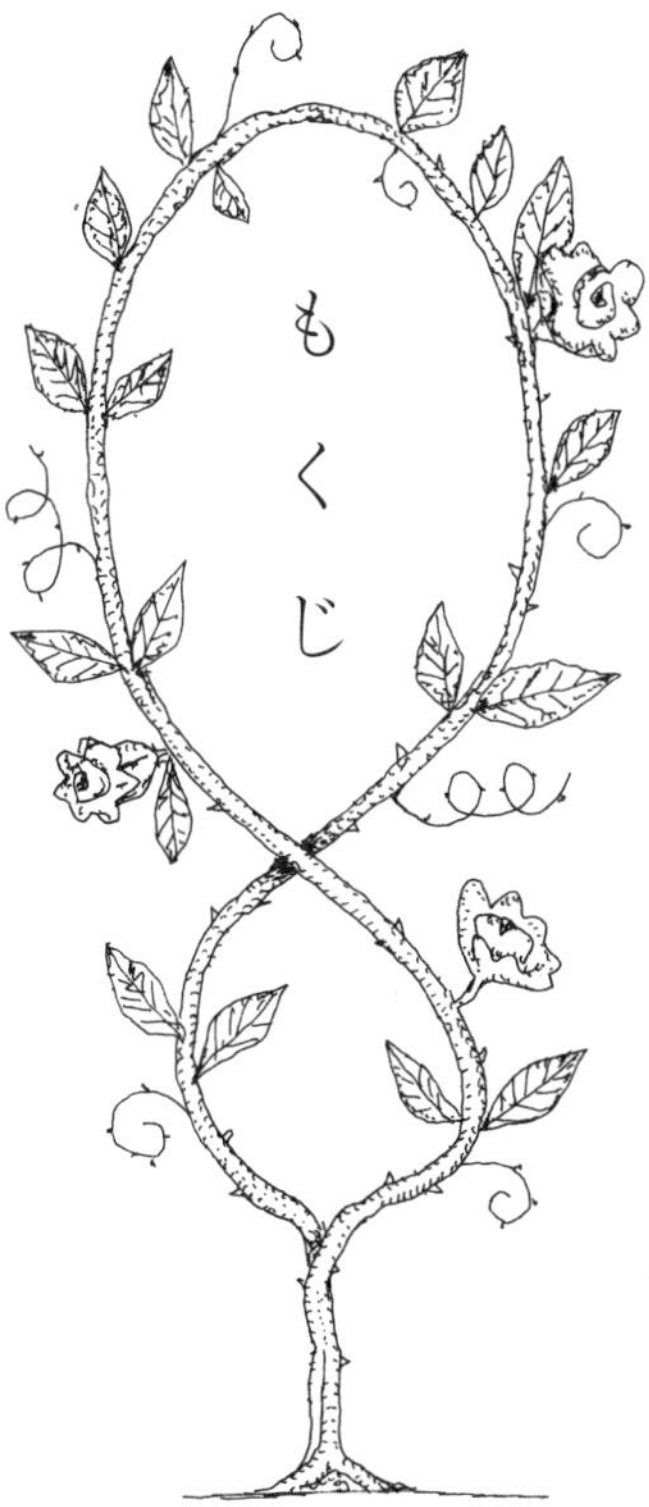

もくじ

バムー

広い街道を一台の自動車が走っています。

運転している若者《わかもの》はバムーという、見習《みなら》いの帽子職人《ぼうししょくにん》です。

バムーは一人でプンプンいきまいています。

「やっていられないよ、まったく。

親方ときたら、僕《ぼく》の作る帽子の全部にケチつけて。きっと僕が新しい帽子を次々《つぎつぎ》に考えるから気に入らないのさ。

いまどき暗い店の片隅《かたすみ》で、朝から晩まで古い型紙《かたがみ》通りチョキチョキ、チクチク、縫《ぬ》って

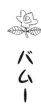

なんかいられますかっていうんだ」

バムーの耳に、いつも親方が手をふりかざしながら言った言葉が響《ひび》いています。

「手だ、手だ。確《たし》かなものは人間の手から生まれるんだ」

バムーはその声を振《ふ》り払《はら》うようにスピードをあげました。

「手がなんだっていうんだ。今はコンピューターが切ったり縫ったりして、年季《ねんき》の入った職人《しょくにん》の代わりをしているんだ。だいじなのはデザインさ」

バムーは次々に思いついたデザインを帽子にしては親方に見せました。すると、ある帽子には、

「これが帽子かね。まるでこんがらがった鳥の巣だ。そのうちコウノトリが卵を産みにやってくるさ」

と言い、別の帽子には、

「こりゃ、ソフトクリームだ。飾《かざ》りにウエハースでもつけるのか」

などと、けなして、バムーが作った帽子をまともに見ようともしませんでした。

店の伝統《でんとう》を何より大事にしている親方が、バムーが次々に作り出す風変《ふうが》わりな帽子を気

に入るはずもありません。

とうとうバムーは、今までかきためた帽子のデザイン帳《ちょう》をかかえて、親方の店からとびだしてきたのです。

ウルジャの荒《あ》れ野

バムーはウルジャの荒れ野をこえて、港のある大きな街《まち》に行くつもりでした。
ウルジャは、大むかしに、火山の噴火《ふんか》でできた台地です。そこには古くから多くの人々が行《ゆ》き交《か》う豊かな街がありました。

しかし、たびたびはげしい戦が起こり、そのたびに、街は焼かれ、今では崩《くず》れた古い城《しろ》や石壁《いしかべ》がところどころに残《のこ》るだけのさみしい荒れ野になってしまいました。

そんなウルジャの荒れ野には、いつしか妖精《ようせい》たちがいるといわれるようになりました。

姿《すがた》はみえないのに、人の叫《さけ》び声や、馬のいななきを聞いたとか、髪《かみ》を逆立《さかだ》てた娘《むすめ》が風のなかからあらわれた、などのうわさがまことしやかにささやかれましたが、誰《だれ》も本当に見たという人はいませんでした。

けれど、そのようなうわさ話におかまいなく、荒れ野の真ん中には広いハイウェーができ、遥《はる》か遠くの港街まで通じるようになりました。

かつては何日もかかって越《こ》えた高い山々も、大きなバスやトラックがビュンビュン通りすぎていきます。

バムーはガソリンと水の補給《ほきゅう》をするために、荒れ野の入り口にたった一軒《けん》だけあるドライブインによりました。

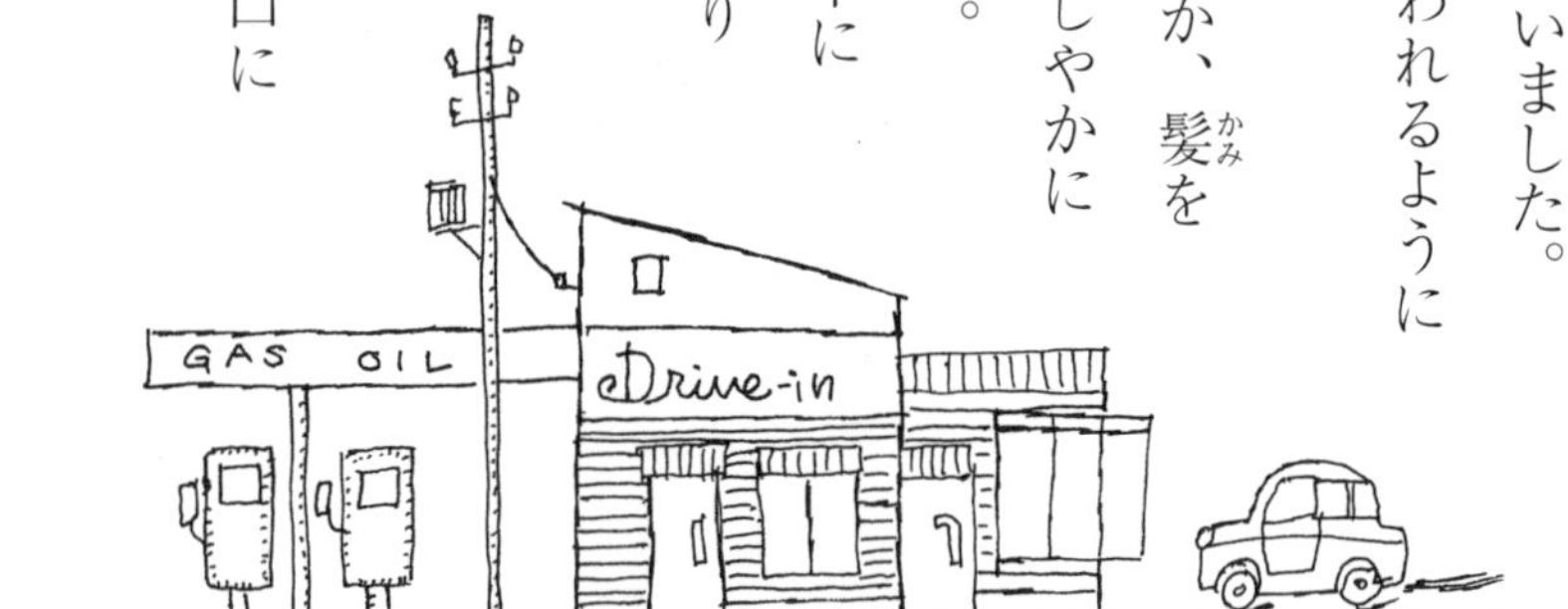

中にはいると、ガランとした店の奥《おく》のカウンターで、よれよれのシャツをきた老人《ろうじん》が一人でビールをチビチビのんでいます。

老人はバムーがコーヒーを注文するのをみていて、声をかけてきました。

「若《わか》い人、どこからきたのかね？」

「ギールの町ですよ。おじいさん」

「ギール？　そりゃあ遠いな。これからウルジャの荒れ野を越《こ》えるってことじゃな？

昔《むかし》は荒れ野を越えるには何日もかかったものじゃが」

「そうですね。そういえば、ウルジャの荒れ野には妖精がいて、通る人がときどき出くわすってきいたことがあったけど……」

老人の重く垂《た》れ下がったまぶたがヒクヒクとうごきました。

「そうじゃよ。このわしも妖精の国にいったことがあるのじゃよ」

「エッ！　お、おじいさんはそこで何をみたのですか？」

「そうさなあ……、氷のような緑色の目をした女がジーっとわしの顔をみるんじゃよ……

わしの体はゾーッと冷たくなってな」

「それで?」

「石にされたくなかったら靴《くつ》を作れと言われたな……ハテ、どれだけ作ったのか……朝から晩《ばん》まで作ったなあ……」

「それでどうなったのですか?」

「作って、作って、火の中、水の中どこでも歩ける魔法《まほう》のクツも作ったさ……自分でもびっくりするほどさ。そしたらわしは家に帰れたんじゃよ。ムニャムニャ」

「魔法のクツって? それは、本当ですか?」

バムーが身を乗り出すと、老人はもう、グウグウといびきをかいてねむってしまいました。

カウンターの中でカップを拭《ふ》いていたお店の人が、もっと話を聞きたそうにしているバムーにそっと目配《めくば》せをしました。

「この人はウスクさんといって、朝から晩までこうして、ブツブツみんなに同じことを言っているんですよ」

「そんなもんでしょうね。いまどき妖精を信じる人なんて、だれもいないでしょうよ」

「ええ、そうですとも。昔は腕《うで》のいい靴職人で、大きな靴屋さんだったそうですよ。でも妖精の夢《ゆめ》にとりつかれて、魔法のクツだなんてホラ話ばかりするものだから、とうとう誰《だれ》からも相手にされなくなって、こうして朝からのんだくれているのです」

バムーは、カウンターに突《つ》っ伏《ぷ》してねむりこけているウスクじいさんを残《のこ》して、店を出ました。

「さあて、出発!」

バムーは止めてあった車のドアを開けました。

その時サッと風が吹《ふ》いてバムーの足元で小さなつむじ風になりました。

街道《かいどう》をしばらく走って、バックミラーを見たバムーはハッとしました。

「へんだぞ、つむじ風がついてくる！」

バムーはアクセルをふんでスピードをあげました。するとつむじ風も同じようにスピードをあげました。

つぎはスピードを落としました。するとつむじ風もおそくなりました。

「アハハ、まるで子犬がついてくるみたいだぞ」

つむじ風はホコリをまきあげながら、どこまでもバムーの車を追いかけてきました。

さて車が、岩や大小の石がごろごろ転がっている丘《おか》にさしかかったときでした。

車についてきたつむじ風が急にワッと大きくなったと思ったとたん、いきなりまわりが暗くなり砂《すな》まじりのつよい風が激《はげ》しく吹《ふ》きつけました。

バムーは、急いで近くの大きな岩陰《いわかげ》に車をとめ、そのまま目と口を覆《おお》って、じっとしていました。

ゴウゴウバラバラ、ものすごい音です。辺《あた》りは真っ暗だし、こんな砂嵐《すなあらし》では目も開けられないので、いったいなにがおこっているのかもわかりません。

しばらくすると、まわりが静かになり、嵐《あらし》がやみました。目を開けると、車のフロントガラスはすっかり砂におおわれていました。

バムーは注意深くドアを開けて、外に出ました。

目の前に、高い城壁《じょうへき》にかこまれたお城《しろ》があります。

「今までこんなところにお城があったなんてぜんぜん気がつかなかった。いったいどうしたんだろう？」

バムーは石でできたアーチの門をくぐってなかに入ってみました。

城門《じょうもん》の中は大きな木が茂《しげ》っていて、とても静かでした。

「もしかすると新しくできた古城風《こじょうふう》のレストランかもしれないな。今の砂嵐で、みんな大騒《さわ》ぎしているだろうな」

生垣《いけがき》をめぐらした通路をたどって広いしばふの庭に出ると、石でできた館の前で、おおぜいの人が長いテーブルをかこんでいました。

「やっぱりレストランだ！　あんなひどい砂嵐だったのに、ここは何もなかったみたいだ」

テーブルのお皿にはどれも、バムーが今まで見たこともないような珍《めずら》しい料理や果物《くだもの》がもられ、こんがり焼《や》けたあぶり肉から、ジュウジュウと脂《あぶら》がしたたっています。

バムーは鼻をひくひくさせました。お腹《なか》がグウグウなります。

でもよく見ると、テーブルの人たちはどこか変《へん》です。

「みんなずいぶん変《か》わった服をきているな。

あの女の人の薄《うす》いヒラヒラしたドレスはチョウチョのようだ。

あの男の人のマントは背中《せなか》の切れ込《こ》みが四つもあって、まるでトンボみたいだ。

おやおや、あっちの背《せ》の高い紳士《しんし》は緑と白の横ジマのシャツに、緑の上着か。ズボンが細くて、カマキリみたいだぞ……。

ハハーン、これはきっと、仮装《かそう》パーティーにちがいない」

そのとき、バムーの前をホカホカのパンがのったお皿が飛《と》んでいきました。

「うわ、いまのはなんだ？　お皿が空を飛んだ！」

バムーが驚《おどろ》いて腕《うで》を顔の前に振《ふ》り上げたとたん、上着のそでが、茂《しげ》みで咲《さ》いていたバラの枝《えだ》に引っかかり、花の枝をおってしまいました。

テーブルの真ん中の席《せき》にいたベールの女の人がバムーに気がつきました。

「そこにいるのはだれ？」

女の人が人さし指を小さく回すと、風がおこり、バムーのからだはあっという間に、女の人のそばにつれていかれました。

女王アルマと娘《むすめ》のルルー

女の人は不思議《ふしぎ》そうにいいました。

「お前はいったいなにものだ?」

「ぼ、僕はバムーといいます。帽子職人です」

バムーはドギマギしながら答えるとさらに小さい声で、

「見習いの」

とつけ加《くわ》えました。

「わたくしはこの城の女王のアルマだ。おまえは人間だね? よくここに入ってこられたね」

アルマはあごをしゃくってグッとバムーを見おろすように胸《むね》をそらしました。

女王アルマは頭に厚《あつ》い布《ぬの》のベールをまとい、森のように深い緑色の古風なドレスを着ていました。

「街道を走っていたら砂嵐に巻《ま》き込まれて、車がうまってしまったのです。目の前にお城があったので、近くにあった門から入りました。ここはレストランではないのですか？」

「レストラン？」

その時、急にあたりの木がざわざわっと大きく揺《ゆ》れました。木の葉がぐるぐる巻《ま》きあがり、パラパラと葉っぱが落ちました。すると、渦《うず》の中から若い娘があらわれました。

「つむじ風ったら、止まるときはもう少し静《しず》かに止まれないの⁉」

娘が服についた木の葉や草きれを払《はら》いながらいうと、つむじ風は恥《は》ずかしそうにシュルシュルッと小さくなって消えてしまいました。

「な、なんだ！　これは？」

バムーは目の前で次々と起こる光景《こうけい》に、ただおどろくばかりです。

娘も女の人と同じ厚いベールをかぶっていましたが、ドレスではなく軽快《けいかい》なパンツルックです。

「ルルー、またつむじ風で勝手に城の外を動きまわったね。この若者はお前がつれてきたのかい？」

ルルーとよばれた若い娘は水色の瞳《ひとみ》をかがやかせて、陽気《ようき》にこたえました。

「車と追いかけっこしたの。まさかここへはいって来るとは思わなかったのよ。でもお母さまが退屈《たいくつ》しているでしょうから、ちょうどよかったわ」

娘の言葉《ことば》にアルマはピクリと眉《まゆ》を上げ、母親らしくルルーをたしなめました。

「このわたくしが退屈《たいくつ》する？　余計《よけい》なお世話《せわ》だ。わたくしは時の女王だよ。この世のはじまりから終わりまで、時を守るのだ。退屈《たいくつ》なんて思ったこともないよ。それより、この若者が〈時のバラ〉をひと枝《えだ》、折《お》ってしまったよ」

「まあ！　ほんとだわ」

娘は折れたバラの枝とバムーをかわるがわるにみました。

バムーは何が何だかさっぱりわかりません。しかしテーブルにいた人たちはバラが折れ

たときいたとたん、急にざわざわとなって、明らかにがっかりしたようでした。バムーは、

「すみませんでした。折るつもりはなかったのです……どうかゆるしてください」

とわびました。

若者が素直《すなお》にあやまる様子《ようす》が誠実《せいじつ》そうにみえたのか、ルルーは、女王にとりなすようにいいました。

「ねえ、お母さま。〈時のバラ〉は百年たてばまた咲《さ》くわ。百年なんてアッという間よ」

アルマは娘が若者を気に入った様子なので、いっそうムッとしたようです。

「おや、そうかい。ふーん。とにかく、人間がここに迷《まよ》い込《こ》んで、城の大事《だいじ》なバラを折ってしまったというわけだね」

時の女王はすきとおった緑色の目でバムーの目をじっと見つめました。

バムーは急に体が冷たくなって手足が動かなくなるのがわかりました。息がつまりそうです。

ルルーがあわてて、女王にいいました。

「ねえ、お母さま、バムーは帽子職人ですって。私《わたし》たちの帽子を作らせてみましょうよ。

もし、帽子に人間の心がこもっていれば、百年待たなくてもバラが咲くわ」

アルマはちょっと考えた様子でバムーをみました。

「まあ、いいだろう。そうしてもらおう」

アルマがいうと、バムーはふっと身体《からだ》が楽になったように感じました。

ルルーがバムーに小声でいいました。

「私の名前はルルーよ。お母さまは時の女王で魔法使《まほうつか》いなの。お城に迷《まよ》いこんできた人間を容赦《ようしゃ》なく石にしてしまうの」

「そんなのひどいよ。僕は何も知らずここに入ってきただけなのに」

「だけどバムーは時のバラを折ってしまったのよ。バムーが石にならずにすむ方法はただひとつ。女王が気に入るような帽子を作ることなのよ」

その時、女王はオホンとせきばらいをしました。

「ルルー、人間に余計《よけい》なことをしゃべってはいけない。すぐに帽子を作らせなさい」

妖精《ようせい》の国

バムーは慌《あわ》てました。

「ちょっと待ってください。いくらなんでも、いきなり『時のバラ』、とか『石にする』とかいわれ、そのあげくに『帽子を作れ』なんて命令《めいれい》されたって無理《むり》ですよ」

ルルーは、答える代りに小さなハープを抱《かか》えて、ポロン、ポロンとひきながら歌いはじめました。

われらは、荒れ野の妖精

砂に埋《う》もれし城の庭に
時のバラが花咲くとき
われらの姿《すがた》が現《あらわ》れ
よろこびと悲しみの歌を歌う

バラの咲く日はかくもみじかく
寄《よ》る辺《べ》なき身は風となる
汝《なんじ》が熱《あつ》き心とみ技《わざ》にて
時のバラを咲かせたまえ
われらの歌を永遠《とわ》に伝《つた》えよ

それはバムーがきいたこともない古い調《しら》べの歌でした。静《しず》かなハープの音色《ねいろ》に合わせて
ルルーの澄《す》んだ歌声が響《ひび》きました。
その間、アルマは身じろぎもせず、じっと遠くを見ていました。

テーブルを囲《かこ》んでいた人たちは、しだいに目をぬぐいはじめました。

その動きはどう見ても人間ではありません。

(この人たちは本もののカマキリにチョウチョだ。みんな、虫たちだ)

でもそれはほんの一瞬《いっしゅん》で、すぐに人間の姿にもどりました。

ルルーは歌い終わると、頭のベールをとりました。

バムーは思わず息をのみました。ルルーの髪《かみ》は束《たば》になってさかだっている氷のツララでした。

(こんな髪型《かみがた》見たことないぞ、おそろしいニューモデルだ)

バムーは震《ふる》える手でポケットから巻《ま》き尺《じゃく》をとりだし、ルルーの頭の寸法《すんぽう》をはかりました。

「でも、布や道具がなければつくれません」

「必要《ひつよう》なものはちゃんとそろえてあげよう。今後お前はこの城で余計《よけい》な口をきいてはいけないし部屋から出てもいけない」

アルマは、そういって、指を動かしました。アルマの合図《あいず》で小さなつむじ風があらわれました。アルマは召使《めしつか》いのつむじ風を自由にあやつっているようです。

「その者をいつものところへ」

バムーはあっという間につむじ風に巻《ま》きこまれ、気がつくと、石の壁《かべ》で囲《かこ》まれた部屋《へや》にいました。

バムーの嘆《なげ》き

部屋には小さな高窓《たかまど》と寝台《しんだい》と、机《つくえ》があります。
アルマがいったとおり、机の上にはハサミや針《はり》や糸はもちろん、バムーがいつも帽子作りに使っている道具がそろっていました。棚《たな》にはたくさんの布が入っています。

それらを夢《ゆめ》をみているように見回したバムーでしたが、ハッとわれにかえって大声で叫《さけ》びました。

「おーい、おーい、だれかいませんか？　早くここから出してくれ」

いくら叫んでも返事がありません。

「ここはまるで牢屋《ろうや》じゃないか。ここはいったいどこなんだ？　つぎからつぎへとへんなことばかりおこって。だれかの悪い冗談《じょうだん》か？　それとも悪い夢なのか？

〈時のバラ〉っていっていたな？　たかがバラの花を一本折ってそれがどうしたんだ？　石にされたくなかったら、女王が気に入る帽子を作れだって？　僕は何も来たくてここへ来たわけじゃないのに、どうしてこんなことになったんだ？　それにしても、あの女王の緑色の目はなんて恐《おそ》ろしいんだ。じっと見られただけで、体が凍《こお》りつきそうになった」

バムーは恐ろしさと、次々にわきあがる「なぜ」、「どうして」に押《お》しつぶされそうになって頭をかきむしりました。そして部屋のすみずみまで出口やすき間がないかさがしました。

すべてがむだとわかって、バムーはウスク老人《ろうじん》を思い出しました。

「おじいさんの話は本当だった。僕だって、石にされるなんて、ぜったいにいやだ……。

とにかく、助かるためにはこの部屋でルルーのツララ頭の帽子を作るしかないんだ」

バムーはようやく心を決めました。

「はてさて、ルルーに似《に》あう帽子か。ルルーは女王よりはやさしそうだが、あのツララ頭の帽子なんか、どうやって作ればいいんだ？」

ルルーの帽子《ぼうし》

「女王のアルマが魔法使いなら娘のルルーもおなじというわけだ。そうなると、あれしかないだろう」

郵便はがき

恐れいりますが
切手をお貼りください

248-0005

神奈川県鎌倉市雪ノ下3-8-33

㈱ 銀の鈴社

『バムーと
荒れ野の城』

担当 行

下記個人情報につきましては、お客様のご意見・ご要望への回答ならびに銀の鈴社書籍・サービス向上のために活用させていただきます。なお、頂きました情報につきましては、個人情報保護法に基づく弊社プライバシーポリシーを遵守のうえ、厳重にお取り扱い致します。

ふりがな	お誕生日
お名前 （男・女）	年　月　日
ご住所 （〒　　　） TEL	
E-mail	

☆ **この本をどうしてお知りになりましたか？** （□に✓をしてください）

□ 書店で　□ ネットで　□ 新聞、雑誌で（掲載誌名：　　　）

□ 知人から　□ 著者から　□ その他（　　　）

★ Amazonでご購入のお客様へ　おねがい★

本書レビューをお願いいたします。

読み終わった今の新鮮な気持ちが多くの人たちに伝わりますように。

ご愛読いただきまして、ありがとうございます

今後の参考と出版の励みとさせていただきます。
(著者へも転送します)

◆ 本書へのご意見・ご感想をお聞かせください

◆ 著者:山瀬邦子さんへのメッセージをお願いいたします

※お寄せいただいたご感想はお名前を伏せて本のカタログやホームページ上で使わせていただくことがございます。予めご了承ください。

▼ご希望に✓してください。資料をお送りいたします。▼

□本のカタログ □野の花アートカタログ □個人出版 □ 詩・絵画作品の応募要項

読者と著者を直接つなぐ

刊行前の校正刷り（ゲラ）を読んだ、「あなたの声」を一緒にお届けします！

★ 新刊モニター募集 （登録無料） ★

普段は読むことのできない、刊行前の校正刷りを特別に公開！

登録のURLはこちら ▶ http://goo.gl/forms/rHuHJRiOKL

Facebookからは、以下のURLより
「銀の鈴社 新刊モニター会員専用グループ」へ
https://www.facebook.com/groups/1595090714043939/

1）ゲラを読む 【ゲラ】とは？……本になる前の校正刷りのこと。

2）感想などを書く

3）このハガキに掲載されるかも!?

4）参加希望者の中から抽選で、詩人や関係者との
Podcast収録にご招待

「Podcast（ポッドキャスト）」とは？ ……………………………
インターネット上で音声や動画のデータファイルを公開する方法の1つ。
オーディオやビデオでのブログとして位置付けられている。
インターネットラジオ・インターネットテレビの一種。

不可思議な世界への扉を開く人　『バムーと荒れ野の城』によせて
より抜粋

児童文学作家　日野多香子

一言でいうなら、山瀬さんはファンタジーの世界で実力が発揮できる人。次に何がおきる？　どんな世界が待ち受けている？と、わくわくしながら。ページをめくり、新たな世界に目をみはり楽しみます。思いがけない展開にあっと驚きます。
ここに、ファンタジーの描ける児童文学作家が誕生しました。
次回に何を見せてくれるか楽しみに待ちたいと思います。

ゲラを先読みした 読者の方々から

「本のたんじょうに たちあおう」～作品を読み終えて～

伝統を重んじる親方の店を飛び出した帽子職人のバム―はウルジャの荒れ野で妖精の国に迷いこんでしまいました。
はからずも、「時のバラ」を折ってしまい、人間の世界に戻るために時の女王アルマの命令に従って帽子を作り続けなくてはならなくなりました。背けば、魔法で石にされてしまいます。炎の頭を持つ女王とツララの頭を持つ若い娘ルル―、そして、昆虫の妖精たち。風変わりな帽子ばかりを作っていたバム―の職人技が緊迫感の中で磨かれていきます。トンボの羽の輝きのようにはかなく、美しく、そして、あたたかく、おかしな物語を読み終えて、幼いころにかぶったきれいな花のついた帽子をもう一度かぶってみたくなりました。

――――――――――――――――――――――――― P.N.夏野いづみ（女性）

※上記は寄せられた感想の一部です※

『バムーと荒れ野の城』

山瀬邦子 著　銀の鈴社刊

バムーは机に並べた布の中から赤い布をえらびました。それからチョキチョキチクチクと帽子を作りはじめました。

でも普通の人がかぶる帽子ではありません。ルルーの髪《かみ》ときたら、氷のツララなのですから。折《お》れたり、溶《と》けたりしないようにうまく帽子の中にまとめなくてはなりません。

バムーがおなかがすいたのも忘《わす》れていると、暖炉《だんろ》の火が燃え上がり、つむじ風がテーブルをはこんできました。

テーブルの上にはスープとハチミツとバターつきパンと干《ほ》し肉とぶどう酒と果物《くだもの》がのっていました。

バムーが食べ終わるとまたつむじ風が現《あらわ》れて、テーブルが消え暖炉《だんろ》の火も消えました。

それはまるでフィルムの逆回転《ぎゃくかいてん》を見ているようでした。

そんなことがつづいたある日、とうとう、バムーは、テーブルをはこんできたつむじ風にたずねました。

「君はアルマの召使《めしつか》いなの？」

そのとたん、つむじ風も、ごちそうがのったテーブルも、暖炉《だんろ》の火も消えてしまいました。

おかげで、バムーは一晩中《ひとばんじゅう》寒さと空腹《くうふく》をがまんしなくてはなりませんでした。

やがて、ルルーの帽子ができました。バムーはうれしくなって、

「帽子ができましたよー！」

と壁《かべ》に向かって叫《さけ》びました。

すぐにヒュンと風がふいて、風の中からルルーがあらわれました。ルルーが帽子をかぶってみると、ツララの髪《かみ》はバネのようにしなって、帽子をポーンと遠くへはじきとばしてしまいました。

「フン、真っ赤なトンガリ帽子ね。まったく古くさい魔女《まじょ》の帽子だわ。これじゃあバムーをたすけてあげられないわ。お母さまは気がみじかいのよ」

バムーはすぐにべつの帽子をつくらなくてはなりませんでした。

幸《さいわ》いなことに布地《ぬのじ》はいくらでもありましたので、バムーは好きなだけ選《えら》んでつかうことができました。

つぎにできあがった帽子は、きれいな色のつば広帽子でした。はね飛《と》ばされないようにグルグルとリボンを巻《ま》いてギュッと結《むす》びました。

ルルーはかぶったとたんに、

「イタイイタイ、ギュウギュウしめつけられて、こんな痛《いた》い帽子、かぶっていられないわ」

と、帽子を脱《ぬ》ぎ捨《す》てました。

その次の帽子は「大きすぎる」、またそのつぎは「にあわない」などと言ってどれもこれもルルーの気にいりません。

バムーがルルーに、

「どんな帽子がほしいのですか」

と聞こうとすると、ルルーはパッと消えてしまいます。

バムーはもうどうしていいのかわからなくなりました。

朝から晩《ばん》まで一人、部屋の中に閉《と》じこもったままのバムーは、息がつまりそうで、食事もノドを通らなくなりました。

「このままではきっと石にされてしまう。

いや、その前にひどい病気になりそうだ。そんなことになるくらいなら、いまのうちにここから逃《に》げ出そう」

バムーは布をさいてじょうぶなロープを作って部屋の高窓《たかまど》に引っ掛《か》け、よじのぼって外へ出ました。

足が地面につくと、一目散《いちもくさん》に庭園を横切り、門のある方に向かって走りました。けれど、いくら走ってもバムーが入ってきた石の門はみつかりません。

バムーは疲《つか》れ果《は》て、地面に倒《たお》れてしまいました。

「僕はなにをやっているんだ。帽子屋が帽子一つ作れないで石になってしまうのか」

そう思うと、石にされることの恐怖《きょうふ》より、もっとくやしい気持ちになりました。

そして、親方の店にいたときのことを思い出しました。

「僕がルルーの帽子を作れないと知ったら、親方がそれみたことかというだろうな。こうしてはいられないんだ」

バムーが顔を上げると、目の前に色とりどりの帽子がうかんでみえました。

「え？　どうしてこんなところに帽子が？」

よくみると、帽子とみえたのは、草むらに咲《さ》いていた色とりどりの花々でした。

空にむかって咲く花、横をむいて咲く花、うつむいて咲く花もあります。

葉っぱにはコロコロと透《す》きとおった玉の露《つゆ》が光っていて、そのしずくがコロンとバムーの口にはいりました。

のどがカラカラにかわいていたバムーは生きかえったような気がしました。

「なんておいしい水なんだ。なんだか力がわいてきたぞ。花たちだって水があるから生き生きと咲いているんだ。

そうか、これはルルーの頭の氷のツララそっくりだ！　あれがルルーの本当の姿にちがいない。だったら、あのツララをもっといかす帽子を作ろう」

来た時はさんざんに走り回ったのに、帽子を作ろうと思った瞬間《しゅんかん》、バムーはもう

自分の部屋にいました。

（つまり、これが女王アルマの魔法の世界ってことか……）

バムーはあきれましたが、すぐに帽子作りをはじめました。

できあがったのは赤いチューリップの花が明るく空に向かって咲いているような帽子でした。

さっそく、ルルーがあらわれできたばかりの帽子をかぶりました。バムーがかたずをのんで見守っていると、ルルーは逆立《さかだ》ったツララの髪を帽子の中にちゃんとおさめました。チューリップの花の真ん中で、ツララの髪が噴水《ふんすい》のようにキラキラと光っています。

「なかなかいいわよ」

バムーの帽子をかぶったままルルーは、鏡《かがみ》のまえでダンスを踊《おど》るように、前から見たり後ろから見たりしていいました。

バムーはルルーが帽子を気に入ったようなのでほっとしました。

「これで時のバラが咲いたら、もとの世界へ帰れるかもしれないぞ」

ところが、

「ルルーの帽子は、うまくできたようだね。今度はわたくしのだよ」

どこからか女王の声がしました。

バムーはそのひややかな声を聞いただけで体がこわばるようでした。

アルマの部屋

バムーは女王の部屋につれていかれました。部屋はがらんと広く、火の気《け》のない大きな暖炉《だんろ》の前に、大きな椅子《いす》が一つ置《お》いてありました。

部屋のまわりの石の壁には、幅《はば》の広い、とても古そうなタペストリーが何枚《なんまい》もかかって

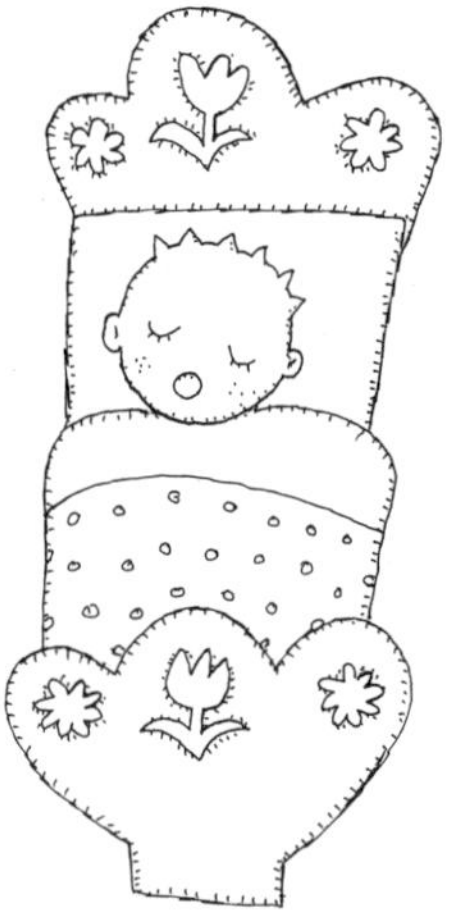

いました。

バムーは女王を待つ間、それらをみていました。

最初《さいしょ》のタペストリーには、火をふく火山と岩だらけの台地が森にかわっていく様子《ようす》がみえました。

つぎのタペストリーには、丘《おか》の上に大きな石の門のあるお城が描《えが》かれていました。

「おや、この門は、みたことあるぞ。そうか、今いるのは、このお城なのか……」

バムーはもっとよく見ようとして、壁に近よりました。

お城の中庭に王と王妃《おうひ》がいます。王妃はおなかが大きくて、着飾《きかざ》ったお供《とも》の人たちは手に手に、バラの花かごをもっています。足元にはたくさんの花が咲き乱《みだ》れ、チョウや虫たちもみえます。

丘のふもとには畑と牧草地《ぼくそうち》が広がり、広場は市がたち、祭りのように賑《にぎ》やかです。

「ああ、昔《むかし》のお城には大ぜいの人がいたんだな」

バムーが感心して次のタペストリーの前に進むと、人々《ひとびと》のたのしげな光景《こうけい》が一変《いっぺん》しました。

城も村も炎《ほのお》につつまれて、人も動物も恐怖《きょうふ》の表情《ひょうじょう》で逃《に》げまどっています。どこもかしこも軍隊《ぐんたい》で埋《う》め尽《つ》くされています。

最後《さいご》のタペストリーは、廃《はい》きょとなった城が、遠くに見える森の中です。ちいさな泉《いずみ》のほとりにおかれたゆりかごの中で赤ん坊《ぼう》がねむっています。

バムーはその赤ん坊の髪がルルーのように逆立《さかだ》っているのに気がつきました。

「この赤ん坊は、ルルーに似《に》ているぞ。もしかするとルルーかな。でも時間がまるであわない」

「それはこの地に生きた者たちが織《お》ったタペストリー。文字を持たないわれわれの記憶《きおく》だ」

いつの間にかアルマが部屋にいました。

「この地は火山の噴火《ふんか》で始まった。長い時間をかけて土地が豊かになると、人がたくさん住むようになった。だが、病《やまい》や飢《き》きんや戦がつぎつぎに起こって、とうとうだれも住む人のいない荒れ野になってしまったのだよ」

アルマは無表情《むひょうじょう》に言ってから、頭のベールをとりました。

するとたちまち女王の髪の毛は青白い炎《ほのお》をあげてメラメラと燃《も》えあがりました。

バムーはアッと息をのんで、思わずあとずさりしました。

「こ、今度は火？　本物の火だ」

女王はバムーがひるんだのを見てとると、怒《おこ》って、ドンと足をふみ鳴らしました。ゴーッと恐ろしい音がして頭の炎がさらに勢いよく燃《も》えあがりました。女王は自分の髪のことをあれこれ言われることを、決して許《ゆる》さなかったのです。

女王アルマの魔法《まほう》

バムーは炎《ほのお》がしずまると、ゆっくりと深呼吸《しんこきゅう》してからやけどしないように注意深く女王の頭の大きさをはかりました。

（髪の毛が本物の炎だなんて、まるで火山が噴火《ふんか》しているようだ。アルマはいつもベールをかぶっているが、あれなら火もとびだしてこない。あれと同じ布があればいいのだが……）

バムーはいろいろためして、燃えない布をみつけると、女王がかぶるのにふさわしい、立派《りっぱ》な飾《かざ》りをつけた帽子をつくりました。

けれど燃えないはずの布でつくった帽子は女王がかぶったとたん、縫《ぬ》い目から炎がふきだし、あっという間に燃えてしまいました。

バムーは帽子の飾りを変えたり、金銀をぜいたくにつかった金属《きんぞく》の円筒形《えんとうけい》にしてみたり、なんとかアルマの頭に合わせようとしました。

けれど、アルマが「フン」と横をむくと、どんな金属もあとかたもなくとけてしまいました。

（アルマの炎は何なのか……）

たびたびアルマの炎を見ているバムーには、炎の中心に影《かげ》のようなものが見えることがありました。それが何か、その秘密《ひみつ》を知りたいのですが、眩《まぶ》しくてよくみえません。そこであることを思いつきました。

ふたたび新しい帽子ができあがり、アルマの部屋に行くと、ルルーもいました。

ルルーはバムーが両目に眼帯《がんたい》をしているのを見るなり、声をあげました。

「まあ、バムー！　目をどうかしたの？」

「両方の目にものもらいができてしまいました。眼帯をしていても見えますので、このままでお許《ゆる》しください」

といいわけをしてからバムーは、アルマに、燃えない布地を何枚も重ねてつくった最新型《さいしんがた》の帽子をさしだしました。

アルマが頭のベールをはずすと、炎がメラメラとたちあがりました。

バムーはあらかじめ眼帯にあけておいた小さな穴《あな》から、しっかりと炎をみることができました。やはり影《かげ》のようなものがみえます。影は、山にみえたり森にみえたりします。

アルマは帽子を炎の髪《かみ》にのせていいました。

「この帽子は、古代にほろびた王国の女王がかぶっていた王冠《おうかん》をおもいださせる」

その瞬間《しゅんかん》、炎が勢いを増し、帽子はまたもやあっけなく燃え尽《つ》きてしまいました。

するとその炎には、古代の女王らしい人の顔がはっきりとうかんで消えました。

不思議な炎に見入っていたバムーは、きゅうに手足が冷《つめ》たくなってハッと我《われ》にかえりました。

アルマが射抜《いぬ》くようにじっと眼帯のバムーをみつめていました。

「もうだめだ」

青ざめたバムーをすくったのはルルーの明るい声でした。

「お母さま。バムーは次はきっといいものを作るわ」

「……では、もう一度だけ作るがよい」

部屋にもどって眼帯をとったバムーは、部屋の中をぐるぐると歩き回りました。

「みえたぞ！　アルマの炎に山と森がみえたぞ。あれはタペストリーとそっくりだ。人の顔もみえたぞ。あの絵にきっとアルマの帽子の秘密《ひみつ》がある」

その一方で、バムーはあやうく石にされかけたことにうんざりとしていました。

「僕がいくら新しい帽子をつくっても、とっくの昔《むかし》にだれかが作っていたんだ。しかもアルマは魔法使いだ。欲《ほ》しいものはなんでも魔法で手に入るはずだ。時の女王が気に入る帽子なんてできっこない」

バムーはすっかり自信《じしん》をなくして頭をかかえました。

「失敗したら今度こそ石にされてしまう。逃《に》げるならいましかない」

バムーはふたたびロープを使って高窓《たかまど》からぬけでると、死にもの狂《ぐる》いでかけだしました。

沼地《ぬまち》の石柱《せきちゅう》

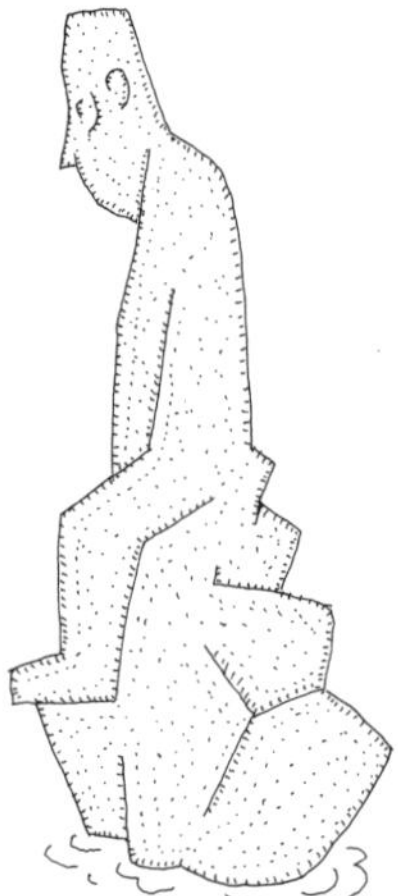

バムーがたどり着いたのはいままで見たこともない沼地でした。沼の周《まわ》りに生《お》い茂《しげ》る木は、大蛇《だいじゃ》のように折《お》れ曲がり、水面《すいめん》は不気味《ぶきみ》にしずまりかえっています。

かすかな星明りのなかで、いくつもの石柱がボーと白くみえました。沼の底《そこ》にしずんでいる石もあれば岸に横たわっている石もあります。

その石の一つにぐったりとこしをおろしたとたん、バムーは恐《おそ》ろしさにこおりつきそうになって「うわっ！」と叫《さけ》び声をあげました。

それは石にされた人たちだったのです。

バムーがあわてて逃《に》げようとしたひょうしに、沼のまわりに厚《あつ》く積《つ》もった泥《どろ》に、足をとられてしまいました。

足のさきから石のように重くなっていき、もがけばもがくほど体がズブズブと泥のなかにひき込《こ》まれていきます。

「ああ、もうだめだ。たすけてくれ」

その時ゴーッと風の音がして沼の水面《すいめん》が泡立《あわだ》ち、木々《きぎ》がはげしくゆれました。

気が遠くなりかけたバムーの耳に声がきこえました。

「腕《うで》をのばしなさい」

バムーは水面にわずかにでた顔と腕をつき出して天をあおぎました。風が渦《うず》を巻《ま》き、バムーは自分の体がだれかにひっぱり上げられたように感じ、次の瞬間《しゅんかん》、固《かた》い地面にたたきつけられました。そのあとはいったいどうやって部屋にたどり着《つ》いたのか、バムーにはわかりませんでした。

バムーがハアハアと肩《かた》で息をしながらふと目をあげると、鏡《かがみ》の中に眼だけがギョロギョロ動く泥《どろ》人形がうつっていました。

「この泥のかたまりが僕《ぼく》?」

バムーのなかで極度《きょくど》の恐怖《きょうふ》と安堵《あんど》が一気《いっき》におしよせて、狂《くる》ったように笑《わら》いがとまらなくなりました。

ようやく落ち着いて、のろのろと服にたまった泥をひきはがすと、それらは山のようにつみかさなりました。泥の山を見ながらバムーはぼんやりとかんがえました。

「アルマの頭の火はいったい何なんだ?」

「そういえば、アルマは最初にであった時『時の女王は、はじまりから終わりまで時を守っている』と言っていた。人間を情《なさ》け容赦《ようしゃ》なく石にしてしまうアルマは、冷酷《れいこく》なようだが本当は、時のバラが咲《さ》くのをまっているんだ」

バムーはますますわからなくなりました。

そのとき、とつぜん、昔《むかし》どこかで見た虹《にじ》のように光る美しい陶器《とうき》の壺《つぼ》を思いだしました。

「あんな不思議《ふしぎ》な色の帽子なら、きっと女王にふさわしいぞ。あの沼地の泥を使ったらできるかもしれない」

バムーは泥をこねはじめました。するといつの間にか部屋には沼地の粘土《ねんど》がちゃんとおかれているではありませんか。

「こんな魔法が使えるなら僕をこんなところへ閉《と》じこめて帽子をつくらせなくたって、魔法で帽子がつくれるだろうに」

バムーがブツブツとひとりごとを言うと、まるでお仕置《しお》きでもするように、突然《とつぜん》、頭の上から粘土《ねんど》がボタボタと降《ふ》ってきて、バムーはたちまち全身が泥《どろ》だらけになってしまいました。

「うわー！　泥人形はもうごめんだよ」

やがてバムーは力いっぱい粘土《ねんど》をこねると、細長くたいらにのばし、くるりと一回ひねってから両端《りょうはし》をつなげて輪《わ》をつくりました。

笑うアルマ

バムーは、粘土でつくった帽子が乾《かわ》くと、そのまま女王にそおっとさしだしました。バラの花の飾りがついた帽子のつばは一ひねりしてあり、表と裏《うら》がいつの間にか入れ替《か》わって無限《むげん》を意味するメビウスの輪になっています。

ルルーも気になるのか姿《すがた》を現《あら》わし、バムーと共に見守る中で、女王は粘土《ねんど》の帽子を頭にのせました。

すると、帽子はたちまちアルマの炎につつまれて、まっ赤になりました。その間、アルマは身じろぎもせずじっとまえをむいてすわっていました。

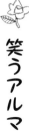

アルマの炎《ほのお》は、どす黒い影《かげ》がつぎつぎにあらわれては狂《くる》ったようにバムーの帽子におそいかかります。それはみるからに邪悪《じゃあく》な力です。バムーは顔を手でおおい、指《ゆび》のすきまから見ながらひっしで、

「こわれないでくれ」

と祈《いの》りました。やがて影はうすくなり、炎の中に、山と森の景色《けしき》がみえてきました。

長い時間がたって、炎がしずまり真っ赤に焼けた帽子の熱《ねつ》がさめると帽子は深い虹色にかがやきました。

アルマは不思議《ふしぎ》なつばのある帽子を手に取って、しげしげとながめました。それから帽子の真《ま》ん中《なか》が大きくくぼんでいるのに気がつくと女王が突然《とつぜん》、声をあげて笑いました。

「ホッホッホッ。これはまるで土鍋《どなべ》だね」

女王の笑い声などいままでお城の誰《だれ》もきいたことがありません。

「土鍋ですって?」

ルルーも帽子の形をみたとたん、思わずプッと吹《ふ》きだして笑いました。

バムーは体を固くして、意外《いがい》な事のなりゆきをみまもっていました。

大笑いした女王は、やがていつもの冷静《れいせい》な表情にもどると、バムーにいいました。

「ふん、ばかばかしい帽子だね。おかげで久しぶりに笑ったよ。だがこの鍋でスープはつくらせないよ」

「では僕を帰してくださるのですか？」

バムーは、今度こそと期待《きたい》に胸をはずませながら恐る恐るたずねましたが、女王は平然《へいぜん》と言いはなちました。

「まだ、布が残っているだろうが」

バムーはまたあの仕事部屋に戻《もど》るのかと、がっかりしました。

しょげているバムーをルルーがなぐさめました。

「お母さまが笑うなんてはじめてよ。いわれたとおり、机の布地がなくなるまで帽子を作りつづけなさい」

妖精《ようせい》たちの帽子

女王アルマの笑い声は、あたりの静まり返った空気をふるわせて、城の中にも、庭にも伝わりました。

女王のバルコニーの前の庭は、お城のあちこちから集まってきた妖精《ようせい》たちでいっぱいになりました。

バムーはかれらに見覚《みおぼ》えがありました。

女王と食卓《しょくたく》をかこんでいたカマキリに似《に》た紳士《しんし》やチョウチョのドレスをまとっていた人たちです。

アルマとルルーがバルコニーに出ると、女王の不思議《ふしぎ》な虹色《にじいろ》に光る帽子と、ルルーのチューリップの形の帽子は太陽の下でいっそう輝《かがや》きを増《ま》しました。

妖精《ようせい》たちのブーンブーンとうなるようなざわめきが、いっせいに大きくなりました。

「みんなが『バムーの帽子、バムーの帽子』っていっているのよ。みんなも作ってほしいのよ」

チューリップの形の帽子をかぶったルルーがゆかいそうにバムーにいいました。バムーはしりごみしていいました。

「こんなに多くてはとても無理《むり》だ」

「彼《かれ》らをよーく見るのよ。ひとりひとりの本当の姿《すがた》がわかればきっと作れるわ」

「そうか！　やっぱりかれらは虫たちだ」

「シッー、それを口に出してはだめよ。城《しろ》の妖精は本当の姿を言い当てられたらその場で消えてしまうのよ」

ルルーの言葉で、バムーは「城ではよけいな口をきいてはいけない」といわれた意味がようやくわかりました。

そしてバムーは、ひとりひとりの寸法《すんぽう》をはかり始めました。

やはりバムーが思った通り、どの妖精《ようせい》も茂《しげ》みや草むらにいる虫や鳥や動物たちでした。ミツバチの妖精にはフチなしの黄色のビロードの帽子。クールなトカゲの妖精にはピカピカ光るメタル調の帽子。カマキリの妖精には長いアンテナのついたヘルメット風の緑の帽子。カエルの妖精には緑色のカンカン帽子。スズメの妖精には茶色のベレー帽。コマドリの妖精にはオレンジと黒のハンチング。

バムーは息つく間もなく次々と作りつづけました。

帽子ができあがりました。たくさんの虫たちがかぶるにふさわしい帽子です。妖精たちは自分の帽子をかぶると目を輝《かがや》かせ、もとの姿《すがた》にもどって嬉《うれ》しそうに花園へ帰っていきました。ほかにもいったいどのくらい作ったのでしょう?

バムーの部屋にあった布地《ぬのじ》は、いつのまにかどんどん少なくなっていきました。最後にのこったのはマチ針《ばり》の頭ほどの黒い布の切れ端《はし》でした。

「おわった……」

バムーが大きく息をついて、その切れ端をすてようとつまんだとたん、バムーの手を誰《だれ》かがチクッとかみました。

切れ端の裏《うら》に小さなアリの妖精がいたのです。アリは細い手足をしきりに動かしています。

（ハハー。君は妖精になっても働きアリそのままの姿《すがた》だったんだね）

バムーは心の中でアリの妖精に語りかけると、一番細い糸と針を使って、切《き》れ端《はし》のつややかな布でとても小さなチロリアンハットを作りました。

アリが帽子をかぶって満足げに出て行くと、今度こそ、机の上はきれいに何もなくなっていました。

スープの鍋《なべ》

やがて、バムーは広間につれていかれました。

広間では女王とルルーがおおぜいの妖精《ようせい》たちとテーブルを囲《かこ》んで食事をしているところでした。

アルマとルルーはもちろんのこと、並《なら》んで座《すわ》っている妖精たちもみな、バムーが作った帽子をかぶっていました。

その食事の様子《ようす》は、バムーが最初にかれらを見たときに感じた静まりかえったぎこちなさとくらべると、ずっとのびのびとしているようにみえました。

給仕《きゅうじ》のつむじ風が、アルマの頭の帽子からつぎつぎとスープをよそうと、皿は、テーブルに飛んでいき、みながおいしそうにそれをのみました。

「スープは土鍋《どなべ》で作るに限《かぎ》る」

食事を終えて、アルマが満足そうにナプキンで口をおさえました。

思いがけない光景《こうけい》に驚《おどろ》いているバムーに、ルルーがそっと耳打ちしました。

「お母さまの帽子ができた日に、あわてん坊《ぼう》のつむじ風ったら、お母さまの帽子を新しい土鍋だと思ってスープを作ってしまったの。

お母さまが怒ったら土鍋のスープがグラグラわきたっちゃって。でもお母さまはムダなことが大嫌《だいきら》いだから、できたスープを捨《す》てないで、そのままその日の食事にしたわけ。

そしたら今までで一番おいしいスープだったのよ。それからずっとスープは帽子の土鍋で作るのよ。お母さまはみんなが喜ぶこの帽子がとてもお気に召《め》したの。

しかもバムーったら、〈アルマのおまじない〉を帽子のつばにしたから、みんなが食事を終えるまで、スープは決してなくならないの」

「アルマのおまじない？」

バムーは思わず大きな声で聞きかえしました。

「しっー。声が大きいわ。メビウスの輪《わ》よ」

バムーとルルーがクスッと笑ったのを見たアルマはドンと足を踏《ふ》み鳴らしました。

それを合図《あいず》に妖精たちは席を立ちました。そして部屋をでてゆくときに、彼らはバムーに帽子の端《はし》をちょっと持ち上げてあいさつしました。

妖精たちがいなくなると、アルマはバムーにいいました。

「さて、布地はぜんぶ使い終わったようだね。お前はずいぶんたくさんの帽子を作った。おそらくルルーが助けたのであろう」

バムーはルルーをちらと見ました。ルルーは「さあどうかしら」とでもいうように、すましていましたが、バムーは「そうだったのか」と気がつきました。

「心をこめて作られたものには、いのちがある。けれども魔法では何一ついのちある物を作ることはできない。バムーの帽子はひと針《はり》ひと針が心のこもった本物だ。バムーの帽子をかぶった妖精たちは本当の自分の姿《すがた》を思い出すことができた。

今朝《けさ》、城の〈時のバラ〉が咲《さ》いたよ。帽子に込《こ》められたいのちが咲かせたのだろう。だから、約束《やくそく》どおり、人間のままバムーをもとの世界に帰してあげよう」

「ほんとうですか⁉」

バムーは思わず大声で叫《さけ》びました。うれしさが体の中をかけめぐります。

バムーは長いあいだの苦しい帽子作りからも、石にされる恐怖《きょうふ》からもときはなたれて、ようやく自由になれるのです。

時のバラを咲《さ》かすもの

「女王様、ルルーさん、ありがとうございます」

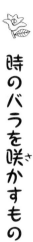

バムーは女王とルルーにむかって、胸に手を当てて深々《ふかぶか》とおじぎをしました。

「おや、わたくしがおまえから礼を言われるのかい？」

「ええ、だって、僕はたくさんの帽子をここでつくることができたのですから」

「おまえがこの城で帽子づくりをした時間は、百年間に相当《そうとう》する」

アルマは時の女王らしい威厳《いげん》のある声でおごそかにいいました。

「え？　それでは僕は百年もこのお城にいたのですか？」

「心配しなくてよい。城の中の時間と外の時間は全く違《ちが》うのだから」

「すると、時のバラの百年は、女王様の支配する時間の百年なのですね。そして、僕の帽子が時のバラを咲かせたとおっしゃるのですか？」

「そのとおり。バムーが作ったたくさんの帽子には、昔《むかし》から多くの職人《しょくにん》たちから伝えられてきたあらゆる技《わざ》がつかわれている。その技をつかって、バムーが帽子をかぶる人のために心をこめて作った帽子には、百年分のいのちがやどっているのだ。

時のバラはバムーの帽子にこめられた真心《まごころ》を感じて咲いたのだよ。

そういえば、ずっと前にここにきた靴《くつ》職人がいた。火の中も水の中も歩ける靴を作って時のバラを咲かせたよ。彼は元の世界に帰れたが、あまりにも靴作りだけにのめりこんで、気がついたら一人ぼっちになっていた。いまでは朝から晩までのんだくれているよ。その姿もうすぐタペストリーに織《お》りあがるだろう」

「でもね……」と、ルルーがうっとりと夢見るようにいいました。

「〈時のバラ〉を咲かせることができるのは技だけではないわ。愛《あい》とか勇気《ゆうき》とか、困難《こんなん》の中の希望《きぼう》といった、崇高《すうこう》な人間の心なのよ」そして、

「妖精《ようせい》の私たちには苦手《にがて》な分野だわ」

とつけくわえました。

バムーはそんなことをいうルルーが、心のない妖精だとはとても思えませんでした。

「もしルルーさんが助けてくれなかったら、僕はとっくに石になっていたでしょう。僕は沼地《ぬまち》で石になった人たちを見てしまいました。

もしも、僕がもっと帽子を作ったら、あの人たちをもとの姿《すがた》にもどせるでしょうか」

バムーはそういってから(しまった)と、からだをこわばらせました。

(せっかく助かったのに余計《よけい》なことをいって女王を怒らせたら僕が石にされてしまう)

バムーはそう思って一瞬《いっしゅん》ひるみましたが、石にされてしまった人間をなんとかもとの血の通った人間にもどしてやりたいと思いました。

すると、女王はバムーの気持ちを見透《みす》かしたようにきっぱりといいました。

「あの者たちは石になってもう何百年もたっている。もとにもどすことは時の女王のわたくしにもできない」

バムーにはもうそれ以上何もいえませんでした。

「わかりました。僕はここでのことをけっして忘《わす》れません」

「……」

ルルーが何かいいかけてやめると、アルマがあっさりといいました。

「ここでの記憶《きおく》は帰る時みんな消えているよ。ただしここで作った帽子のことはバムーの腕《うで》が覚《おぼ》えているから決して消えないのだよ」

「でも、僕はウスクさんからお城で靴《くつ》を作ったことをききました」

バムーが思わずいうと、ルルーがおしえてくれました。

「あれはあわてもののつむじ風が忘れ薬の分量をまちがえたの。でも、彼《かれ》がお城の話をしても、誰《だれ》も信じないという魔法《まほう》がかけてあるの」

ルルーの秘密《ひみつ》

アルマは最後にバムーに城のあちこちを見て回ることを許《ゆる》しました。
バムーとルルーが行ったところはタペストリーの織《お》り場でした。ここではアルマのテーブルを囲《かこ》んでいた人たちが、せっせと機《はた》を織っていました。
「妖精たちはタペストリーを織るために人間の姿《すがた》になっていたんだ。本当はお城の庭にいる鳥や虫なのだね」

バムーがルルーにいったとたんに　バムーのまわりにいた妖精たちがいっせいに消えてしまいました。

「しまった！」

あわてるバムーに、ルルーがニッコリしました。

「だいじょうぶよ。時のバラが咲いているあいだは消えたりしないわ。みんな、自分の正《しょう》体《たい》をいわれたからキマリが悪くてかくれたの。みんなとても恥《は》ずかしがりや」

バムーはうなずきました。

「妖精たちはこの地のできごとをタペストリーに織っているの。あとからやってくる人のためにね。たて糸はアルマの時間、横糸はここに生きたものたちのいのちの時間よ」

「アルマの時間の糸はきっと気が遠くなるほど長いのだろうな」

「メビウスの輪のように無限《むげん》にね。でもいのちの時間は短いけれど、つながっていくと色とりどりでとても美しいわ」

「ルルーは詩人だね。妖精にしておくのはおしいね」

「帰れるとなったら急になまいきになったわね」

「そんなことはないよ。けどルルーには妖精にない心があるじゃないか。僕はアルマの部屋でみたタペストリーの赤《あか》ん坊《ぼう》は、ルルーだと思った。燃えるお城の王妃《おうひ》はルルーの本当のお母さんではないのかとも……」

「ええ、その通りよ。タペストリーに描《えが》かれているお城の王さまは私のお父さま。戦で亡《な》くなり、母の王妃《おうひ》さまは私を生むとすぐ死んでしまったの」

ルルーは淡々《たんたん》と話をつづけました。

「忠実《ちゅうじつ》な家来《けらい》と乳母《うば》が、生まれたばかりの私を森の奥《おく》深く隠《かく》したの。ところが乳母たちも追っ手に見つかって殺《ころ》されてしまい、赤ん坊の私だけがたすかった。

時の女王が時の壁《かべ》を作って私を敵《てき》から守ってくれたからなの。戦争はこの地に生きるものすべてを滅《ほろぼ》したの」

「オホン」

重々《おもおも》しい咳払《せきばら》いに振《ふ》り向くと、いつのまにかアルマがいました。

「かつて、この地でいのちを育《はぐく》んでいたのは森と泉《いずみ》だった。だが、度重《たびかさ》なる戦で森は消え、泉も干上《ひあ》がってしまった。

水がなければいのちは育たない。泉の妖精たちはルルーを水の精《せい》にした。ルルーにはいのちを守り育《はぐく》む力があるのだよ」

「エヘン！」

ルルーの帽子の噴水《ふんすい》がさっといきおいよく噴《ふ》き上がりました。

「お母さまはバムーの帽子でみんなが本当の姿《すがた》をおもいだしたことをとても喜んだの。お母さまはこの城の時がいつもいのちの喜びで満《み》ちてほしいと祈《いの》っているのよ」

するとアルマが足をドンと踏《ふ》みならしました。

「説明はもうたくさん。急いで答えを聞いてもなんの役にもたたないよ。わからないことは生きていくうちにバムー自身が答えをみつけるだろう。そしてそれが事実になっていく。さあ、バムー、もう帰るがいい。時を失うと二度と帰ることができなくなるからね」

バムーがルルーのほうにむくと、ルルーは誰《だれ》にもわからないように目じりの涙《なみだ》をパッと払《はら》って陽気《ようき》にいいました。

「私、しめっぽいのが大嫌《だいきら》いなの。私は風に姿《すがた》をかえてどこへでも行けるから、バムーがちゃんと心をこめて帽子を作っているか、すぐわかるのよ」

いよいよお別れの時がきました。

「これを飲んで」

バムーはルルーにうながされるまま、銀のコップに入った緑色の液体を飲みました。

甘くて強い香草《こうそう》の香りが口にひろがりました。

「この城のできごとはみんな忘《わす》れるわ。でもここで得《え》た技《わざ》はバムーの中にちゃんとのこっているから、いい帽子を作ってね……」

アルマの眼が鋭《するど》くひかり、ルルーの声がスーっと遠ざかっていきました。

帰ってきたバムー

「まぶしい！」

バムーが目をあけると、ウルジャの荒《あ》れ野はあかあかと夕日にそまって燃《も》え上がっているようでした。空にはまだ澄《す》んだ水色が残っています
岩陰《いわかげ》に、砂《すな》に埋《う》もれかけたバムーの車がありました。

「僕《ぼく》の車だ。まるで何年も埋まっていたみたいだ。動くのかな？」

バムーが積《つ》もった砂をどけていると、ハイウェーをとおりすぎていった自動車が急ブレーキをかけて止まりました。

「バムー、バムーじゃないか」

「親方!」

親方は偶然《ぐうぜん》通りがかった荒れ野の街道《かいどう》のはたにバムーが立っているのを見て、ひどくおどろきました。

見習いのバムーが工房《こうぼう》から突然姿《とつぜんすがた》を消して、五年もたっていたのです。

「五年もの間、いったいどこでなにやっていたんだ?」

「五年?」

バムーはびっくりしました。

いつの間にか五年がすぎていたのです。

しかし不思議《ふしぎ》な城で、アルマやルルーのために帽子をつくった記憶《きおく》は今、バムーの中にはまったくありません。

親方が何を聞いても、バムーは「わからない」のいってんばりでした。

ガンコだけれど気がよくて早とちりのところがある親方は思いました。

「こいつはきっと別の町でひどく苦労《くろう》して逃《に》げだしてきたに違《ちが》いない。だからこんなにやせて、何も思い出せないんだ」

そのとき、親方の工房は急に大量の注文が入ってとても忙《いそが》しかったので、とにかくバムーを連《つ》れ帰り、仕事をさせました。

できた帽子はどれも手際《てぎわ》よく、ていねいな仕上がりです。親方は感心してバムーにいいました。

「なにがあったか知らんが、だいぶ腕《うで》を上げたな」

バムーは自分でも驚《おどろ》いていました。手が勝手に動いていくように思えます。

再び親方のもとで働きはじめたバムーが作る帽子はあいかわらず、どれもとても斬新《ざんしん》なデザインでした。

その帽子をかぶると、本人でさえ気がついていない魅力《みりょく》を引き出してくれると評判《ひょうばん》になりました。

うわさを聞きつけたお客さんがおおぜいやってきても、バムーのていねいな仕事ぶりはかわりません。

数年後、バムーは港のある街の並木《なみき》通りに帽子屋をひらきました。

その店のショーウインドウには、今日もバムーが不思議《ふしぎ》でちょっとかわった、そう、まるで妖精《ようせい》のような帽子を作っては、並《なら》べています。

つむじ風にのったルルーは、ウインドウの外からそんなバムーの姿《すがた》をのぞいては、うれしそうに、クルッとまわってウルジャの荒《あ》れ野にかえっていくのでした。

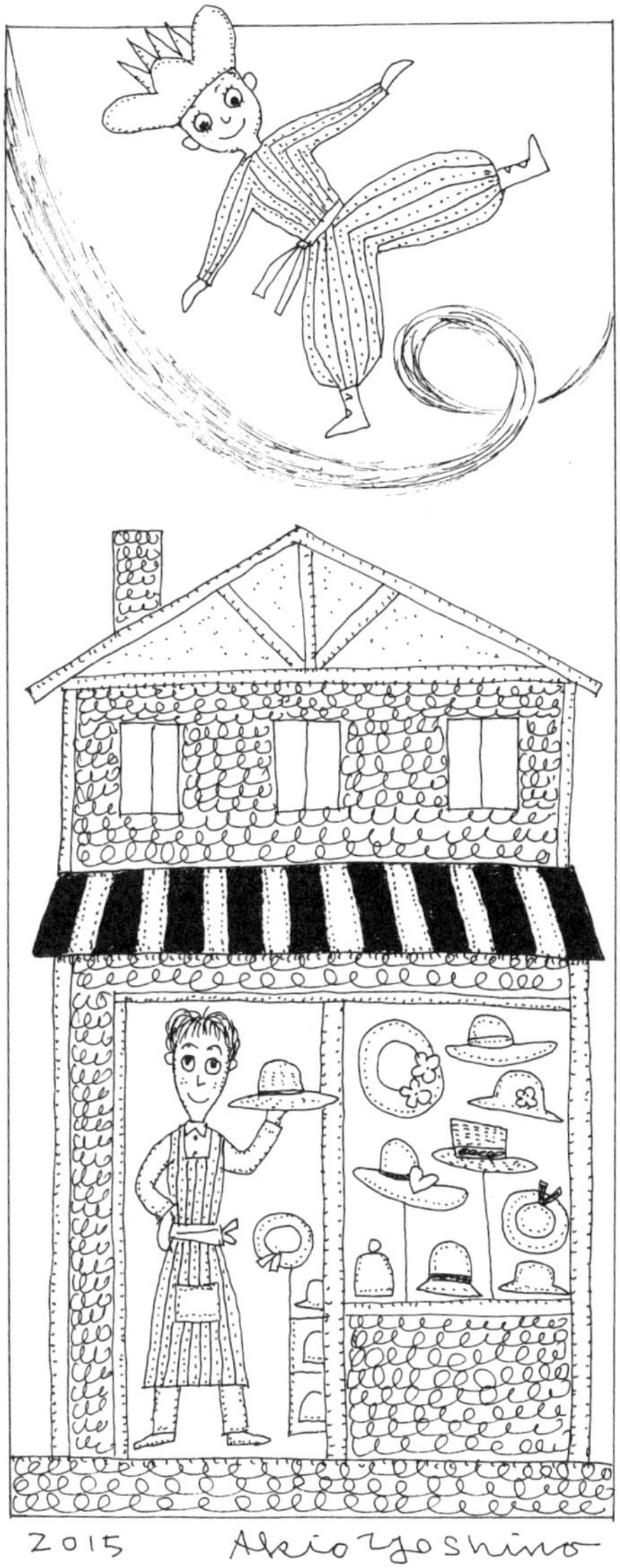

不可思議な世界への扉を開く人
―「バムーと荒れ野の城」によせて―

児童文学作家　日野多香子

山瀬さんは多彩な人です。読書量もとても多く、これまでも、私の教室（桜美林大学アカデミー）での読書会に多くの本を紹介してくれました。

その山瀬さんが念願のご本を出版されました。教室の責任者としてこれほどうれしいことはありません。

教室ではこれまでも多くの人たちが出版をしてきました。この本をふくめるなら、そのかず、6年間でなんと5冊。創作ありノンフィクションあり、絵本ありとジャンルもさまざまです。しかも、どの作品も、作者が精魂傾けて仕上げたもの。そこに教室の仲間たちが、いろいろな意見を出し合い完成にこぎつけました。もとより、山瀬さんは意見を述べてくれる筆頭者。的確な意見を毎回だしてくれています。

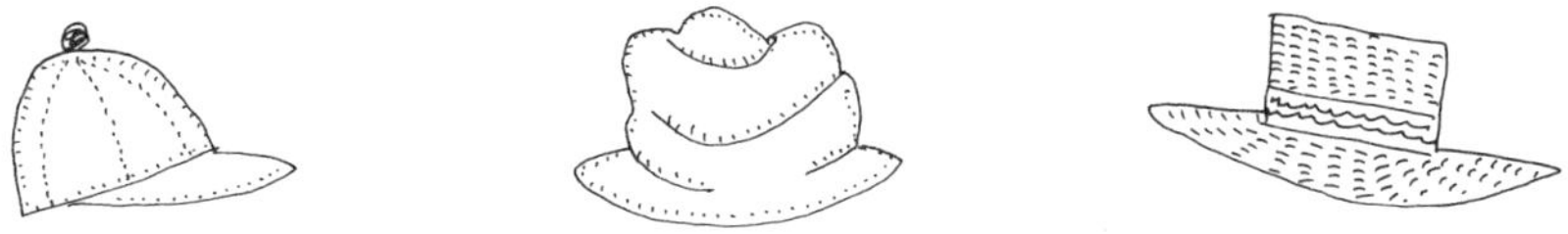

話をもとにもどしましょう。

一言でいうなら、山瀬さんはファンタジーの世界で実力が発揮出来る人。次に何がおきる？　どんな世界が待ち受けている？　と、わくわくしながら、ページをめくり、新たな世界に目をみはり楽しみます。思いがけない展開にあっと驚きます。

この作品は帽子職人のバムーが荒れ野の中の不思議な古城に迷い込むところからはじまりますが、女王アルマの食卓を囲む者たちが実は草むらの虫たちだったというところにまず意表をつかれます。更に、バムーがつくった帽子をアルマがかぶりその中でスープができていくところも面白い。アルマは時を司る力を持ち、百年に一度、時のバラを咲かせます。ところがそれを、バムーはわずかな時間で成し遂げてしまう。なぜなら、バムーにはそれを成し遂げられる真実の心があったから。このくだりも、読み応え十分です。

いずれにしても、ここにファンタジーの描ける児童文学作家が誕生しました。次回に何を見せてくれるか楽しみに待ちたいと思います。

２０１５年　初夏

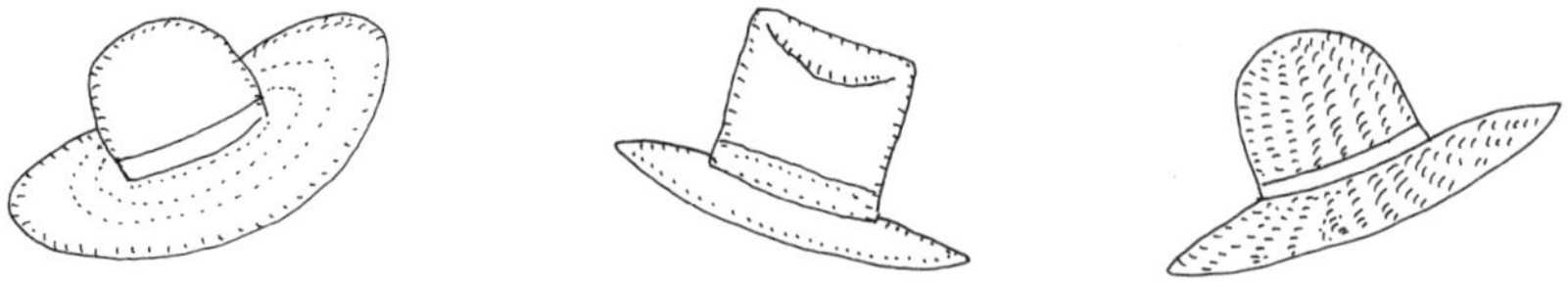

あとがき

子どもの頃、父の知り合いで背が高く喉をゴロゴロ鳴らして話す男の人がよく家に見えました。出版社に関係していたその人は、とにかくいろいろな本を持ってきてくれました。おもに少年少女向けの日本と世界の昔話や物語でした。当時私が住んでいた青梅の街は江戸時代の宿場町の面影が残り、家は土蔵づくりの古い商家でした。私の部屋は二階にあり、分厚い壁に囲まれた小さな窓から光が差し込む薄暗い部屋で、大好きな本を夢中で読みふけりました。

東京オリンピックの年、家族で青梅から愛川町に引っ越しました。13歳になったばかりの私が見知らぬ土地で少しも寂しさを感じなかったのは、まだ子供だったことに加え、まわりの豊かな自然と本のおかげでした。家の庭や周辺の畑からは縄文式の土器のかけらがたくさん出ました。

結婚後2児の子育て中に「ふだん記」という生活記録の文章グループに入会しました。「下手でよい。競争なし」という自分史ブームのきっかけとなった文章運動で、おもに身辺の雑記や旅行のことを記録として書いてきました。

２００９年に日野多香子先生の児童文学入門講座の受講生になりました。児童文学には興味がありましたが、創作とは無縁だった私にとって、講座でいろいろな本を読み、作品を書き、同級生の作品を読むことは何もかも新鮮でした。同時に自分の筆力の無さを痛感し歯噛みす

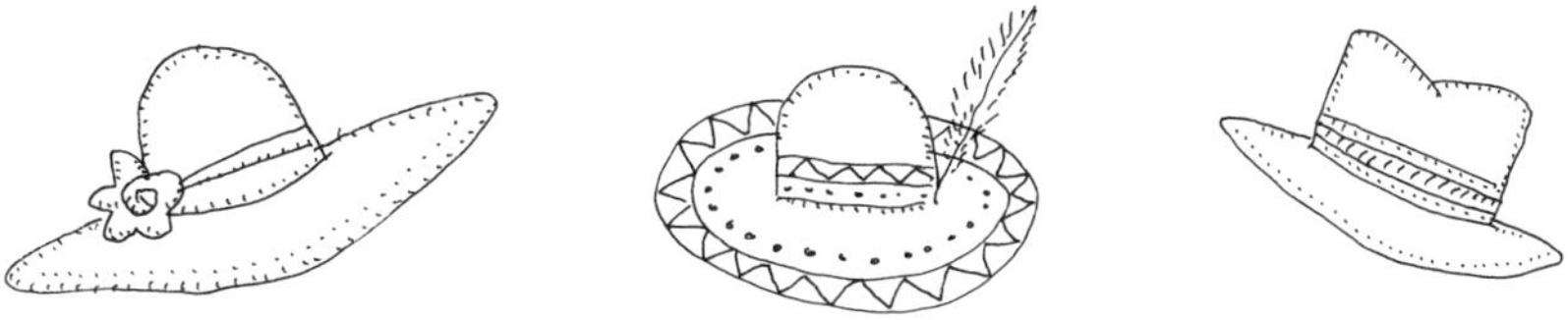

る、大変厳しい世界でもありました。「バムーと荒れ野の城」はその講座で児童文学者の日野先生の厳しくも温かで忍耐強いご指導によって実を結んだ作品です。

場所や物には目に見えなくともそこに関わり生きた人々や生き物のいのちの記憶があり、物言わぬ彼らが景色の中で雄弁に語っているのを感じることがあります。バムーが迷い込んだお城にはそんな時間の記憶が秘かにつむがれているのです。秘密は誰にも知られなければ秘密そのものが存在しないことになり、どこかであらわれ、語り継がれる時をまっているのではないでしょうか。

講座では、日野先生をはじめ、幅広い年齢層の受講生のみなさまの励ましとお力添えをいただきました。出版に際しまして銀の鈴社の柴崎俊子様と社長の西野真由美様に数々の適切なご助言をいただきました。また、挿絵の吉野晃希男様は圧倒的な表現力と、アッとおどろくような豊かなイメージで、バムーの世界を本当によく表わしてくださいました。挿絵のついたゲラ刷りをめくる度にバムーの世界が大きく飛躍するのを感じました。

あらためて皆々様に心からお礼を申しあげます。どうもありがとうございました。

読者の心のお城にバムーを連れて行って頂けたら作者としてこれに勝る喜びはありません。どうか実り多き豊かな時間をすごされますよう祈念申し上げます。

あらゆる面でこの出版を支えてくれた身近な友人たちと家族に心から感謝します。

２０１５年７月　山瀬邦子

山瀬邦子（やませ　くにこ）
東京都青梅市出身、現在は神奈川県愛川町在住
1971年　桜美林短期大学卒業
1980年～自分史文章運動ふだん記グループ会員
1986年　主婦の友カルチャースクールにて、詩人・高田敏子先生の野火の会入会
2009年４月～日野多香子先生の桜美林大学アカデミー児童文学入門受講

吉野晃希男（よしの　あきお）
1948年　神奈川県生まれ。
1972年　東京芸術大学油絵科卒業。

NDC913
山瀬邦子　作
神奈川　銀の鈴社　2015
80P　21cm　A5判（バムーと荒れ野の城）

定価＝一、六〇〇円＋税

鈴の音童話
バムーと荒れ野の城

二〇一五年八月一日　初版

著　者―山瀬邦子©　吉野晃希男・絵©
発　行―㈱銀の鈴社　http://www.ginsuzu.com
発行人―柴崎　聡・西野真由美
〒248－0005　神奈川県鎌倉市雪ノ下三－八－三三
電　話0467(61)1930
FAX0467(61)1931
〈落丁・乱丁本はおとりかえいたします〉

ISBN 978-4-87786-626-6　C 8093

印刷・電算印刷　製本・渋谷文泉閣